赵海荣 著

在江苏南京军区军史馆

在安徽黄山黟县西递景区

在江苏南京浦口区珍珠泉景区

在福建厦门大嶝战地观光园

在福建漳州南靖县土楼景区

在福建福鼎太姥山景区

在安徽黄山歙县鲍家花园景区

在海南三亚亚龙湾景区

在安徽黄山黟县宏村景区

在浙江杭州西湖湖畔

在安徽六安寿县古城

在福建武夷山九曲溪景区

与国防大学战略研究所所长、全军优秀教师金一南教授

与南京军区前线文工团副团长、著名演员侯勇

与中国当代艺术家协会名誉副主席、著名剪纸艺术家洪志标教授

与著名男高音歌唱家、总政歌剧团演员杨洪基

与著名特型演员、邓小平同志扮演者卢奇

与中国文联民间艺术协会党组书记、著名书法家罗杨

在安徽黄山徽州区呈坎景区

目 录

序 ……………………………………………01

前　言 ………………………………………10

第一部　军旅抒怀篇

八一巡礼…………………………………03

高阳台•八一抒怀…………………………04

木兰花慢•铁血丹心………………………05

甲午，甲午 ………………………………07

满庭芳•纪念古田会议胜利召开八十五周年…08

夜行军……………………………………09

重返母校二题……………………………10

送战友……………………………………11

祭一代虎将张万年………………………12

赠"氢弹之父"于敏………………………13

赞"最美军嫂"王琼………………………14

"雷霆霹雳"系列…………………………15

题依法从严治军…………………………19

春光好•贺新年……………………………20

第二部 时代风云篇

贺第十七届全国推普周活动开幕……………23

点绛唇·美丽厦门共同缔造……………24

欣睹中央严肃查处腐败大案……………25

满江红·"12.13"国家公祭日……………26

贺厦门作协联谊圈设立……………28

贺厦门国庆六十五周年艺术作品展………29

鹧鸪天·教师颂……………30

马航客机失联……………31

MH370祭……………32

悼二〇一五年外滩踩踏事件逝者………33

赠"全国见义勇为英雄"王兵、王越………34

第三部 四季河山篇

蝶恋花·春日……………37

江城子·惜春……………38

清平调辞·三月……………39

游厦门白鹭洲公园……………40

秋游武夷山九曲溪之漂流……………41

忆诏安梅岭海边……………42

游闽南古城泉州……………43

徽州古村落印象四题……………………44

游安徽省寿县记…………………………46

定西番•游孔庙…………………………47

海南三亚印象五题………………………48

初冬登厦门狐尾山………………………50

登 高……………………………………51

游莆田湄洲岛印象………………………52

第四部 漱玉雅韵篇

咏 桂……………………………………55

咏 梅……………………………………56

清平调辞•红梅…………………………57

咏 荷……………………………………58

残 荷……………………………………60

咏 菊……………………………………61

咏 竹……………………………………63

蝉…………………………………………64

秋 蝉……………………………………65

秋 雁……………………………………66

晚 鹭……………………………………67

清平乐•厦大湖边………………………68

第五部 七彩生活篇

中国书画二题…………………………………71

诗词世界………………………………………72

咏　笔…………………………………………73

满庭芳·咏读书日……………………………74

欣悉吾儿榜中厦门音乐学校…………………75

题厦音二〇一四届学生军训…………………76

观鼓浪屿民乐音乐会…………………………77

观"冬之恋"鼓浪屿新年音乐会……………78

观中央音乐学院鼓浪屿钢琴学校音乐会……79

打高尔夫球应制………………………………80

咏　鸥…………………………………………81

戏题蟹…………………………………………82

感于集美大学访客归时………………………83

眼儿媚·凌波仙子……………………………84

祝父亲生日快乐………………………………86

陪伴父母………………………………………87

贺荣嵘小妹千金百日…………………………88

泉州访客两题…………………………………89

三亚之旅两题…………………………………90

足　迹 …………………………………………91

品　茗 …………………………………………92

第六部　感悟人生篇

满江红•圙山吟怀………………………………95

春　雨 …………………………………………97

踏莎行•清明……………………………………98

夏日情思 ………………………………………99

三字令•仲秋夜思………………………………100

临江仙•中秋夜…………………………………101

木兰花慢•秋思…………………………………102

知音难觅 ………………………………………103

落　花 …………………………………………104

惜　红 …………………………………………105

雪狮儿•重九感怀………………………………106

相思引•悼姚贝娜………………………………108

附 录

现代诗八首

一江春水向东流 ……………………… 109

精　灵 …………………………………… 110

钓　趣 …………………………………… 111

声　音 …………………………………… 112

臆　想 …………………………………… 114

对不起，儿子 ………………………… 116

鬼魅之夜 ………………………………… 120

夕　颜 …………………………………… 123

后 记 ……………………………………… 125

序言一

情怀·情调·情境

——读赵海荣诗词集《心海泛舟》

经厦门市文联领导介绍,去年夏天得以认识赵海荣同志,一来二往,成为朋友。闲聊中,知其为丹徒人。王安石诗曰"京口瓜洲一水间",丹徒属镇江,镇江古称京口;瓜洲属江都,江都属扬州,我为高邮人,高邮亦隶属扬州。江苏老乡虽一江之隔,但"苏北"口音似乎相近,聊起来便起劲不少。他喜欢写诗,亦谦虚好学,经常将一些作品用手机短信、电子邮件发来交流,或来舍下小坐,谈的多为诗词创作。最近,他将这几年的诗词作品汇集,颜曰《心海泛舟》,拟刊行,问序于我,其意殷殷,推却不得。打开诗稿细读起来,认为其作品有不少可圈可点之处,可以用"三情"来概括。

首先是情怀。我向来主张,写诗不只是用笔,更重要的是用情,"诗也情所至"。因此,我读《心海泛舟》,首先是被他的炽热情感和慷慨情怀所感染。情怀者,人的心情与胸怀。体会之下,感到海荣作品饱含家国情怀。

海荣毕业于军事院校,服务于部队已经多年,堪称职业军人。报效国家是军人的天职,这种对天职的认识和行为，往往通过抒发慷慨的情怀表现出来。历史上的伟大诗人，往往都有家国情怀，也都表现在作品之中。如陆游，诗云"位卑未敢忘忧国"，在蜀中军幕之日，闲居林泉之时，甚至皤皤白发而垂暮之年，都不忘北伐中原，一统河山，其绝命诗《示儿》中反复叮嘱"家祭无忘告乃翁"。海荣当属风华正茂，有着自己的事业，而事业又与国家的兴盛衰亡、民族的发展前途、人民的幸福安危紧密联系在一起。

由于家国情怀，他崇敬最高统帅，在《八一巡礼》中，吟出"喜看变革风云起，飒爽元戎又领航"的瑰丽音符；他深感军人的责任重大，在《木兰花·慢铁血丹心》中，发出"霜寒肆虐，但凛然赤胆骨铮铮，谁解英雄寂寞，但求不枉此生"的铿锵誓言；他牢记身上神圣职责，在《甲午，甲午》中振臂高呼"殇思革鼎惟雄起，强我中华卫国门"，告诫世人毋忘国耻，痛记教训；他讴歌人民军队，在《摊破浣溪沙·凯旋》中激情高唱"凯歌一曲铳云霄。待到雄师归来日，战旗飘"，表达强军梦的念想；他深感从严治军的重要性，在《题依法从严治军》中大声疾呼"正风肃纪惟严政，固我长城壁似磐"，是真疾恶如仇；他赞颂社会正气，在《赠"全国见义勇为英雄"王兵、王越》中奋笔疾书"铁骨铮铮何所惧，一腔碧血溅狼嚎"，大义凛然，令人动容。可以这么说，读这些诗词，确实有点荡气回肠的感受。

其次是情调。海荣的作品，不管是豪放还是婉约，都充满积极向上的情调。情调者，人的情趣与格调。诗词是作者对自然界、人类社会等各种现象的认识，用诗的语言表达出来。情调的向上与向下、积极与消极、健康与病态，与作者的经历、修养、追求以及人生态度密切相连。

社会生活是七彩的，人的情感也应是多样化的。军队本身就是社会的一部分，军人生活在现实社会之中，面对缤纷的花花世界。军队职业需要军人要有铁骨，现实生活又需要军人还要有柔情。铁骨柔情在海荣作品中得到自然流露与表现。

在军旅篇中，铁骨与豪迈气是主导，其他篇章中也多表现柔情与书卷味。他热爱家庭生活，写父母的诗十分温馨："岁月奔流若逝川，苍松翠柏鹤翩跹。慈怀善抱教孺子，惟愿林泉福寿年。"（祝父亲生日快乐）"青山易老草枯哀，两鬓泛霜迟暮来。惟喜双亲仍健在，言欢促膝乐楼台。"（陪伴父母）写儿子的诗则充满慈爱与期望："喜看鹭岛阳春艳，爱听黉门雏凤鸣。更愿潜研修正果，他朝乐苑纵横行。"（欣悉吾儿榜中厦门音乐学校）

他钟情于中国优秀传统文化，在《中国书画二题》中写道："翰墨纸笺藏砚气，雅室飘逸蕙兰香。闲时拈蘸纤纤笔，光我中华国粹堂。""一池清墨静中堂，意舞骚魂素袖长。蓬藕小虾初试水，沉鱼落雁醉花香。"他热爱祖国的秀丽山水，其《徽州古村落印象四题》把徽文化描绘得那样旖旎多姿："歙西胜处鲍家寨，鬼斧神工风韵存；仞壁仙根佳景致，眸迷几度断游魂。"（鲍家花园）"乾坤八卦布纤纤，静落凡尘遗忘年；倘若他时思宿隐，始知此地当为先。"（呈坎村）"斜阳西巷影儿深，一意探幽寻画魂；何必天齐来作伴，呢喃紫燕正啼门。"（西递村）"寒霜尽染一村秋，山黛水青绿树稠；醉看柳荷相对色，神仙恣意画中游。"（宏村）

每每回味这些诗，眼前显出一个"阳光诗人"的形象。古语云"愤怒出诗人"，然而我认为"阳光也会出诗人"，诗人的心态应该阳光，海荣是也。

最后是情境。《心海泛舟》是本诗词集，而不是一般性的文章汇编。好的诗词，不只讲究语言的凝炼、韵律的流动、辞章的华美，还要着力营造幽远的情境。何为情境，情景与境地也。"诗是有声画"，诗需朗读、咏哦、吟唱才有韵味，而朗读、咏哦、吟唱时会产生画面，达到"诗情画意""情景交融"的境地。如读李白的"两岸猿声啼不住，轻舟已过万重山"，眼前顿显扁舟顺流而下、一日千里的壮图；读杜牧的"蜡烛有心还惜别，替人垂泪到天明"，眼前涌现老朋友秉烛夜话、天明握别别的情景。海荣写诗,也确实注重营造情境。

《"雷霆霹雳"系列》是一组较有情境的诗词。在一般人眼里,军旅生活枯燥死板,而在海荣笔下却生动多彩。"追光急电掣,铁骑竞狂飙"(行军)、"军帐多迷彩,枕戈入梦频"(宿营)、"藐兹一狡兔,莫窜猎眼帘"(侦观)、"天地方盈尺,电波环宇连"(通信)、"夜幕花灯上,繁星缀月光"(放哨)、"悍虎雄师豪气在,誓言如铁射天狼"(誓师)、"铁甲纵千戈,隼鹰掠万波"(菩萨蛮·东南演习),等等。其风格有点像唐诗中的军歌《塞下曲》,其生活是作者的亲身经历,其语言是那样铿锵有力,其情感是如此饱满深切。一读这些诗句,眼前马上展现出既神秘又浪漫,既森严又活泼,既令人生畏而又令人尊敬与向往的军旅生活情境。

《满江红·圌山吟怀》是作者写得最好的一首词。圌山在江苏镇江,读这首词令人想起辛弃疾的《永遇乐·京口北固亭怀古》。辛弃疾生于乱世,面对是破碎河山,充耳是金戈铁马,胸怀是"气吞万里如虎",感叹是"凭谁问,廉颇老矣,尚能饭否"。圌山虽不及镇江三山(金山、焦山、北固山)那样有名,但也风景壮丽,气象万千,这从词的上半片的精彩描绘可以看出。词的下半片着力营造表达现代中国军人豪迈情怀的意境。它既不是范仲淹《渔家傲》句中的"人不寐,将军白发征夫泪"那样凄凉,也不是辛弃疾的"凭谁问,廉颇老矣,尚能饭否"那样兴叹,而是作者"概轻屣、克难志弥坚,男儿烈"的豪迈坚毅。这种情怀正是在特定情境下的渲泄与抒发。

艺无止境。海荣同志在吟诗填词道路上走出了坚实的一步步,前面还有更广阔的诗词天地。愿他更上一层楼,写出更多的优秀作品,献给伟大的时代。是为序。

2015年2月18日写于厦门

序言二

心海泛舟捕浪花

——读赵海荣诗词集《心海泛舟》

柳营的沸腾生活,既陶冶了军人的品格,也陶冶了诗人的胸怀。戍守厦门的海荣君既是军人,也是诗人。无垠的大海宽阔了他的胸襟,多彩的生活丰富了他的情感,在他看来,每一朵浪花都是一首诗;每一棵草木都是一首诗;每一段平凡经历都可酿成生动灿烂的诗。诗为心声,诗随意出,感而发之;平平实实,自自然然,无雕琢之感,无斧凿之痕,给人以率直质朴的感觉。比如《夜行军》:"青山环雾袍,深涧小溪淘。玉露吻盔甲,繁星抚刺刀。才临龙凤寨,又越虎头堡。狂骤八千里,个个是英豪。"此诗写部队野营拉练时的夜间行军,主题明确,内容集中,语意连贯,一气呵成。诗中无难懂的词句,无深奥的典故,但却有着浓浓的诗味。中间两联对仗巧妙,尾联转得自然,结句收得恰当。无人房白云颢诗云:"欲知子美高人处,只把寻常话作诗"。《竹坡诗话》云:作诗止欲写所见为妙,不必过求奇险。明代都穆在《南濠诗话》中诗曰:"切莫呕心并剔肺,须知妙语出天然。"我们再纵观李、杜以及唐宋以来的诗词名家之作品,大凡流传广者多具有明白流畅的风格。由此可见，朴实无华、天然趣成是古人们的一贯主张和共识。看来，海荣为诗已深谙此法、尽得此道，其朴实清新的风格已渐臻成熟。

海荣君之情感是从心中自然地涌溢出来的，而不是刻意造出来的，故能使人体味到其间的坦直和真诚，从而产生亲近感。如《同窗情深》："举杯祝酒把歌红，掼蛋划拳觅凤踪。醉到沾襟君勿笑，不知他日几时逢。"俗话说，铁打的营盘流水的兵，军人调动、战友分别是经常的事，每到此时，战友们必然会一醉方休。此诗就真实地反映了军营中这一司空见惯的情景。北宋人叶梦得在评论王安石的诗时讲"意与言会，言随意遣，浑然天成。"读海荣此诗也颇有同感，并能自然而然地联想到唐朝诗人王翰《凉州词》中的诗句，"醉卧沙场君莫笑，古来征战几人回。"这种巧妙的借用手法，拓宽了诗的意境。从"不知他日几时逢"一句，使读者感受到战友们的离别之苦和情谊之深。"君勿笑"更加深了人们对军人的理解。这种从诗人笔下自然地流露出来的情感最能感染人，打动人。

海荣君从军多年，十分熟悉军旅生活，十分了解军人的内心世界。他作为诗人总是以诗人的目光观察军营，从诗人的角度来思考军人，如"军帐多迷彩，枕戈入梦频"（《宿营》）；"军情如火急，指键妙时传"（《通信》）；"情因家国重，紧握手中枪"（《站哨》）；"五彩霞光泛海礁，硝烟散尽岛山娇"（《摊破浣溪沙·凯旋》）等等，此种生动真实的描写，使卷中之诗既带上"兵味"，也带上"诗味"。从而也更能使人产生共鸣，留下印象。

  作为军旅诗人，海荣君不仅仅写军旅生涯，对世间万物、人间万象也多有涉猎，他的诗题材广泛，内容丰富，展现了其多才多艺的创作天赋和深厚凝重的文化积淀。读之品之，既可领略到其中之美，也可感受其中之情，还可开拓眼界，舒展胸襟，幸甚。愿海荣君于诗不离不弃，勤奋始终，更上一层楼。

胡志毅

2015年3月22日写于北京

前　言

　　《心海拾玑》出版以来，陆续收到一些老首长、老战友、老同学、老朋友，以及素未谋面的人们的来函来电，褒奖勉励之词溢于言表，关怀备至，催人奋进。《心海泛舟》的付梓刊印，算是对喜爱我的读者的一份交代，亦是对军旅感悟的一味寄怀吧。

　　著名诗人席慕蓉曾说过："整个人类的心灵，是一代一代的诗歌、一代一代的文学作品支撑下来的。"诗词滥觞于先秦，历经魏晋南北朝，穿越唐宋明清，成为古今流传的文化基因、价值取向和生活方式。诗词是中华传统文化的精粹，是人类精神生活的高地；她是心灵与现实世界的对话，是我们的灵魂得以修生安息的港湾。诗词可以栖息在你我的心里，让我们能够自由自在地与天地、圣贤，与生灵、万物进行心贴心、面对面的交流，进而享受内心的愉悦，获得温暖、净化、涤荡、洗礼。这是诗词的独特魅力所在。

　　诗词天地是广袤、博大的，需要蓬勃的激情、丰盈的灵感和无穷的想象。庆幸我们生活在当今这个伟大的时代。人民军队已然走过八十五年风雨征程，军事变革方兴未艾，建设发展如日中天，三军将士正戮力向强国梦强军梦阔步迈进，我们正需要弘扬正能量、提振精气神的文化营养和精神食粮。弘扬民族精粹，发扬尚武精神，传承先进文化，谱写荣誉辉煌，吾辈肩负使命、责无旁贷！

本书分军旅抒怀、时代风云、漱玉雅韵、四季河山、七彩生活、感悟人生六个篇章，共一百零四首古体诗词，另附八首现代诗词。考虑到广大基层官兵阅读需求，每首诗词都加了简明的注释与导读。由于学识有限，加之时间仓促，书中不妥之处在所难免，敬请读者们批评指正。

第一部　军旅抒怀篇

军旅抒怀

八一巡礼

烽火南昌举义枪,军徽熠熠闪星光。

枪林弹雨何惜死,飞将[1]伏波[2]碧血扬。

逐日挥戈驱敌寇,扬尘踏雪戍边疆。

喜看变革风云起,飒爽元戎[3]又领航。

【注释】

〔1〕飞将。李广,西汉名将,陇西成纪人。公元前144年,率军出雁门关,寡不敌众被匈奴俘获,押解途中飞身夺马,射杀敌追骑无数,在匈奴中赢得"汉之飞将军"称号。

〔2〕伏波。马援(公元前14-公元49年),字文渊,东汉陕西扶风茂陵(今陕西扶风县)人,是当时的名将,人称"伏波将军"。

〔3〕元戎。南朝陈徐陵《移齐王》:"我之元戎上将,协力同心,承禀朝谟,致行明罚。"指主将、统帅的意思。

【导读】

2014年8月1日,作者观中央七套八一建军节特别节目《我是一个兵》文艺晚会,感怀人民解放军历经八十五年峥嵘岁月洗礼,赫赫功勋彪炳史册,遂赋诗词两首,此为第一首。此诗刊发于2014年8月22日《人民前线》第11185期东线副刊、2015年2月22日南京军区政工网《前线文学》栏目。

高阳台·八一抒怀

义举南昌,挥戈闽赣,忠勇血染湘江。

迢递路遥,雪山草地荒凉。

西天漫漫残阳下,任苍鹰、自由飞翔。

慨而慷,漫道雄关,步履铿锵。

风云跌宕[2]起沧澜,擎国之重事,豪杰英郎。

戮力强军,铸军魂固金汤。

此回谁敢来侵犯?誓惩敌、歃血[3]钢枪。

纵豪情,霹雳长空,再谱华章。

【注释】

〔1〕跌宕。形容富于变化,顿挫波折,不稳定。

〔2〕歃(shà)血。古人盟会时,微饮牲血,或含于口中,或涂于口旁,以示信守誓言的诚意。这里喻为杀敌意志坚定。

【导读】

2014年8月1日,作者观中央七套八一建军节特别节目《我是一个兵》文艺晚会,感怀人民解放军历经八十五年峥嵘岁月洗礼,赫赫功勋彪炳史册,遂赋诗词两首,此为另一阕。此诗刊发于2015年2月22日南京军区政工网《前线文学》栏目。

木兰花慢·铁血丹心

又逢秋刈[1]至,西风烈,落花纷。

望莽莽群山,云烟浩浩,如幻似真。

氤氲。

玉龙翘首,任遨游碧海揽彤云。

数回劈波斩浪,几番逐日扬尘。

惊魂。

铁甲旗营,擂鼙鼓[2],震乾坤。

凭汉箭朝飞[3],弑杀贼寇,如取猢狲。

逡巡[4]。

霜寒肆虐,但凛然赤胆骨铮铮。

谁解英雄寂寞?惟求不枉此生。

【注释】

　　[1]秋刈(yì)。汉王充《论衡·逢遇》:"春种谷生,秋刈谷收。"犹秋收。

　　[2]鼙(pí)鼓。《周礼·春官·锺师》:"掌鼙鼓缦乐。"古代军中的一种小鼓,汉以后亦名骑鼓。

　　[3]汉箭朝飞。典出宋辛弃疾《鹧鸪天·壮岁旌旗拥万

夫》："燕兵夜娖（chuò）银胡䩱，汉箭朝飞金仆姑。"汉箭：抗元义军用的金仆姑箭；朝：早晨。代指激战。

〔4〕逡巡（qūn xún）。《水浒传》："雁翎金甲逡巡得,钩引徐宁大解危。"叠韵词,意为一刹那。

【导读】

2014年10月8日,作者登临厦门最高峰云顶岩,远眺大海、山峦,近观满眸秋色、遍地落英,感怀军旅人生,遂赋得此诗。此诗刊发于2015年1月17日《人民前线》第11300期东线副刊、2015年2月22日南京军区政工网《前线文学》栏目。

甲午,甲午

耻格[1]斑斑殷鉴存,三千将士化忠魂。
殇思[2]革鼎惟雄起,强我中华卫国门。

【注释】
　[1]耻格。语本《论语·为政》:"道之以德,齐之以礼,有耻且格。"指知羞耻而归于正。
　[2]殇(shāng)思。殇,伤痛,伤心,悲伤。指对未成年而死或者为国战死者的思索。

【导读】
　2014年3月18日,作者观电影《甲午,甲午》,有感于大清腐败无能,八旗纨绔废备忘战,国破家亡、生灵涂炭,不禁扼腕叹息,遂赋此诗。刊发于2015年2月22日南京军区政工网《前线文学》栏目。

满庭芳·纪念古田会议胜利召开八十五周年

风卷残云,汀江飞浪,古田槐树凝霜。

凭栏远眺,又忆旧祠堂。

整肃顽疴积弊,沥毒血,刮骨疗伤。

惊寰宇,军威党壮,旗帜放光芒。

堪说。欣此日,经天纬地,步履铿锵。

断难忘,红米饭、南瓜汤。

看我军民鱼水,情真切,美煞憩棠[1]。

任腾跃,强军路上,豪气镌辉煌。

【注释】

〔1〕憩棠(qì táng)。《国风·召南·甘棠》:"蔽芾甘棠,勿翦勿败,召伯所憩。"借周人怀念召伯德政的颂诗,比喻人民军队爱人民、军民鱼水一家亲的宗旨和本色。

【导读】

2014年10月10日晚,作者在观南京军区前线文工团献演大型文艺晚会《永恒的生命线——古田会议永放光芒》,倍感振奋,激情澎湃,遂赋此阕。此诗刊发于2014年12月19日《中国国防报》第2812期长城副刊、2015年2月22日南京军区政工网《前线文学》栏目。

夜行军

青山环雾袍，深涧小溪淘。
玉露吻盔甲，繁星抚刺刀。
才临龙凤寨，又越虎头窑。
狂骤八千里，人人胆气豪。

【导读】

　　2014年8月11日，作者参加某部高强度野营拉练，一夜行军数十公里，沿途感怀美好夜色、山水佳景和官兵战斗豪情，不禁感慨万千，遂赋此诗。刊发于2015年2月22日南京军区政工网《前线文学》栏目。

重返母校二题

凝眸回首

淝水之滨有盛名,经年省绪梦魂萦。
今朝重拾昔黉事[1],散尽硝烟犹炮声。

【注释】
〔1〕黉(hóng)事。黉,古代称学校。指学校发生的事情。

同窗情深

举杯祝酒把歌红,掼蛋[1]划拳觅凤踪。
醉到沾襟君勿笑,不知他日几时逢。

【注释】
〔1〕掼蛋。起源于淮安地区流行的扑克游戏,目前广泛流行于江苏、安徽等一些地方。

【导读】
2014年10月29日,作者回到阔别二十余载的母校合肥炮兵学院,流连于昔日的教室、宿舍、操场、图书馆、南湖……忆起同窗岁月,与战友开怀畅饮。此两首诗刊发于2015年2月22日南京军区政工网《前线文学》栏目。

送战友

又是一年菊正黄,老兵卸甲返家乡。

临行握别竟凝噎,不觉腮边已泛霜。

【导读】

  2014年11月2日,作者送别某部即将退出现役的战友,感怀临别之际全体老兵对军营的深深眷恋和依依惜别之情,不禁感同身受,涤荡心扉,即兴赋下此诗。刊发于2015年2月22日南京军区政工网《前线文学》栏目。

祭一代虎将张万年

将军逝去万人喑,戎马一生铁血魂。

叱咤风云数十载,战功赫赫震乾坤。

【导读】

2015年1月14日17时,中央军委原副主席张万年同志,因病医治无效,在北京逝世,享年87岁。张万年曾荣获三级解放勋章,先后五次立大功。作者感怀将军一身铮铮铁骨、一生赫赫战功、一世杰出英名,遂赋此诗,以兹悼念。

赠"氢弹之父"于敏

功勋盖世不言功,耄耋[1]年存两袖风。
重器敕封[2]谁匹得?赫喧[3]史册共推崇。

【注释】

〔1〕耄耋(mào dié)。三国魏曹操《对酒歌》:"耄耋皆得以寿终,恩泽广及草木昆虫。"指八十岁的老人,通常泛指年纪大的人。

〔2〕敕(chì)封。帝王的诏书、命令。

〔3〕赫喧。《礼记·大学》:"赫兮喧兮者,威仪也。"亦作赫烜、赫咺,指显赫貌。

【导读】

2015年1月25日,习近平主席在北京人民大会堂为著名核物理学家、"两弹一星"功勋、中国"氢弹之父"于敏院士亲自颁发国家最高科学技术奖励证书。作者由衷钦佩于老呕心沥血地为祖国国防科技事业做出卓越贡献,赋得此诗。

赞"最美军嫂"王琼

男儿赤胆守边防,军嫂梦魂系俊郎。

踏雪凌风浑不顾,此番痴恋最铿锵。

【导读】

2015年2月21日,中央电视台《新闻联播》节目播出好军嫂王琼穿越千里风雪,冒着零下三十五度的严寒,八天七夜昼夜兼程赶到驻守边关某部,与新婚丈夫闫静秋团聚的故事。作者感怀"有爱人的地方就是家、再苦不算苦"的人间最美爱恋,不禁百感交集、热泪盈眶,即兴赋下此诗。

"雷霆霹雳"系列（六首、两阕）

行　军

蕤草[1]知风劲，飞梭绣锦标[2]。
追光急电掣，铁骑竞狂飙。

【注释】
　〔1〕蕤（ruí）草。蕤，草木华垂貌。指茂盛的野草。
　〔2〕锦标。源于唐代，是当时最盛大的体育比赛——竞渡（赛龙舟）的取胜标志。这里喻为夺标之意。

宿　营

晨曦肩带雨，夜露伴星辰。
军帐多迷彩，枕戈入梦频。

侦　观

鹰眼摄千物，雷波扫万嫌。
藐兹[1]一狡兔，莫窜猎眼帘。

【注释】
　〔1〕藐兹（miǎo zī）。藐，微小。指微不足道的意思。

通 信

天地方盈尺,电波环宇连。

军情如火急,指键秒时传。

放 哨

夜幕花灯上,繁星缀月光。

情因家国重,紧握手中枪。

誓 师

男儿热血满胸膛,号令一声奔战场。

悍虎雄师豪气在,誓言如铁射天狼[1]。

【注释】

〔1〕天狼。指天狼星,是我国古代星象学中代表战争的三凶星:主星贪狼,两颗副星破军和七杀。射天狼指投身战场保卫自己的祖国。

菩萨蛮·东南演习

秋风瑟瑟秋花艳,
云涛淼淼云鸥现。
铁甲纵千戈,隼鹰[1]掠万波。
凌寒逐虎帐,僻野[2]拿敌闯。
放眼映霞天,
旌旗红遍山。

【注释】
〔1〕隼(sǔn)鹰。隼鹰是两种猛禽,泛指凶猛的鸟,用来比喻凶猛或勇猛。这里代指战斗机、歼击机和直升机等战鹰。
〔2〕僻(pì)野。荒僻的荒野。

摊破浣溪沙·凯旋

五彩霞光绕海礁,

硝烟散去岛山娇。

阵阵炮声犹耳畔,鬼狼嚎。

锣鼓喧天起浪潮,

凯歌一曲铳[1]云霄。

待到雄师归来日,战旗飘。

【注释】

〔1〕铳(chòng)。用铳射击。喻为直冲之意。

【导读】

2014年2月22日,作者参加东南沿海某部实兵实弹联合军演,有感而赋此八首诗词。其中,《菩萨蛮·东南演习》刊发于2014年12月26日《中国国防报》第2816期长城副刊。组诗刊发于2015年2月22日南京军区政工网《前线文学》栏目。

题依法从严治军

自古出师令若山,榫橼[1]铁律剑锋寒。
沉疴积弊侵肌体,舞弊徇私蚀古峦。
要害关头须咬紧,锱铢[2]睚眦[3]莫行宽。
正风肃纪惟严政,固我长城壁似磐。

【注释】
　　[1]榫橼(sǔn yuán)。榫,器物两部分利用凹凸相接的凸出部分;橼,通"缘"。中榫凸缘,一种连轴器的类别。这里喻为缜密、严谨之意。
　　[2]锱铢(zī zhū)。古代很小的重量单位。形容极小的差别或差距。
　　[3]睚眦(yá zì)。瞪眼睛,怒目而视。这里指对小的过错也要较真。

【导读】
　　2014年11月4日,党的十八届四中全会出台《中共中央关于全面推进依法治国若干重大问题的决定》,将依法从严治军纳入依法治国总体布局,作出战略部署。作者展望强军目标,感怀强军实践,对人民军队从胜利走向胜利充满必胜信念,欣然命笔。此诗刊发于2015年2月22日南京军区政工网《前线文学》栏目。

春光好·贺新年

和风暖,日初长,历吉羊。
又是一年春来到,百花香。
池畔柳荫嫩绿,
腊梅傲然吐芳。
千里柳营[1]结彩带,喜洋洋。

【注释】
〔1〕柳营。指军营。

【导读】
　　2015年2月18日,时值乙未(农历)大年三十,神州大地沉浸在喜迎新春的祥和气氛之中。作者带队下驻闽某部检查指导节前工作,只见大地回春、一派生机,军营张灯结彩、喜气洋洋,欣然赋得此诗。

第二部　时代风云篇

贺第十七届全国推普周活动开幕

又是嘉禾[1]菊正秋,群贤毕至[2]鹭芳洲。
凤凰[3]满眼红花簇,棕榈万丛绿意逦。
盛世清音[4]扬国粹,珠玑瑰宝数风流。
幕开推普千帆竞,云雀高歌醉两眸。

【注释】
　〔1〕嘉禾。厦门的别称,又称嘉禾屿。
　〔2〕毕至。晋代王羲之《兰亭集序》:"群贤毕至,少长咸集,此地有崇山峻岭,茂林修竹。"指贤能者齐集,济济一堂,都会聚在这里。
　〔3〕凤凰。指厦门的市树凤凰木。
　〔4〕清音。清越的声音。代指中华民族的语言艺术。

【导读】
　　2014年9月15日上午,第十七届全国推广普通话宣传周活动在厦门启动。作者陪同全国推广普通话宣传周领导小组办公室主任姚喜双司长一行视察指导工作,观"说好普通话,圆梦你我他"主题诵读活动,有感赋得此诗。此诗刊发于2014年10月10日《中国语言文字网》、2015年2月22日南京军区政工网《前线文学》栏目。

点绛唇·美丽厦门共同缔造

如沐春风,鹭鸶起舞百花艳。

祥云龙练,竞舸涛飞转。

战略转型,谋求新巨变。

国之绚,文明典范,

万众齐心赞。

【导读】

2014年3月17日,厦门市十四届人大三次会议表决通过《美丽厦门战略规划(草案)》,提出"美丽厦门,共同缔造","五位一体"打造美丽中国典范城市,为美丽厦门建设绘下宏伟蓝图。作者欣悉这一喜讯,展望厦门美好发展前景,即兴赋下此阕,以兹纪念。

欣睹中央严肃查处腐败大案

痴权迷位误人生，自作聪明令智昏。
贪墨焉能掩众目？无良随处见丝痕。
整箴肃纪须苛典，刮骨疗伤重铸魂。
扑面清风多涤荡，凛然正气满乾坤。

【导读】

2015年1月12—14日，中国共产党第十八届中央纪律检查委员会第五次全体会议审议通过题为《依法治国依规治党，坚定不移推进党风廉政建设和反腐败斗争》的工作报告。作者感怀中央严肃查处周永康、徐才厚、令计划、苏荣等严重违纪案件，大力推进党风廉政建设和反腐败斗争，深得党心民心，欣然命笔。

满江红·"12.13"国家公祭日

朔气^[1]凛凛,国旗降,笛声呜咽。
极目处,蓼烟^[2]疏淡,漫山霜雪。
典数金陵^[3]荒野冢,不禁悲泣情凄绝。
剑眉垂,礼祭吊孤魂,心撕裂。
民族恨,仇深切。
惩贼子,须平孽。
解铅华^[4]欲补,国殇难灭。
黩武^[5]岂能逃巨谳^[6]?伐征四海皆英杰。
待凝旒^[7],激愤化狂澜,倾天阙。

【注释】
〔1〕朔(shuò)气。《乐府诗集·木兰诗》:"朔气传金柝,寒光照铁衣。"指寒气。
〔2〕蓼(liǎo)烟。蓼,通"廖",空旷的意思。指空旷无垠的疏烟。
〔3〕金陵。山名,"陵"作"山陵"解,意指钟山。南京的别称。
〔4〕铅华。是指中国古代妇女用的化妆品。解铅华,指褪去华丽的色彩和耀眼的光环。
〔5〕黩(dú)武。黩:随随便便,不郑重。指滥用武力、好战。

〔6〕谳（yàn）。音同"雁"。指定案、定罪。

〔7〕凝旒（liú）：。《旧唐书·杨虞卿传》："凝旒而问，造膝以求，使四方内外，有所观焉。"形容态度肃穆、专注。

【导读】
2014年12月13日，中国迎来首个国家公祭日，南京举行国家公祭仪式，全城鸣笛向死难者致哀。党和国家领导人出席活动。14亿中华儿女以庄严肃穆的形式，悼念死于日寇屠刀下的遇难同胞。作者通过电视聆听习主席发表重要讲话，感慨万千，赋下此阕，以兹纪念。此诗刊发于2015年2月22日南京军区政工网《前线文学》栏目。

贺厦门作协联谊圈设立

夏荷初绽一池香，网信盟成文运昌。

诸圣躬逢挥锦笔，淋漓醉墨撰华章。

【导读】

  2014年7月10日，作者正式成为厦门市作家协会会员。隔日，受市作协王永盛秘书长邀请入网联谊，倍感无比的喜悦和沉甸甸的责任，更平添了跋涉文学苦旅的不竭动力和内在豪情，欣然命笔。

贺厦门国庆六十五周年艺术作品展

飘香丹桂满园馨,仙女乘风下凤亭[1]。
又是一年秋正艳,千贤齐墨万山屏。

【注释】
〔1〕凤亭。引自毛泽东《五律·看山》:"飞凤亭边树,桃花岭上风。"意借定点换景法,眺观奇妙美景、山水如画。

【导读】
2014年10月1日,由厦门市文学艺术联合会举办的"我们的家园——美丽厦门共同缔造"向建国六十五周年献礼大型艺术作品展在市文化艺术中心隆重开幕。作者受邀参观赏析400余件书画、摄影、工艺美术等精品力作,折服于文艺家们的思想、才华和魅力,欣然命笔。

鹧鸪天·教师颂

丹桂吐黄缀凤翎[1]，一支粉笔素心清。

何须浓墨点秋水，满苑芳菲桃李盈。

红烛泪，杏坛吟。

踏梅傲雪苦寒峥。

呕心沥血育骐骥[2]，情系国家品自馨。

【注释】
　　[1]凤翎。禽羽的美称。这里形容一枝独秀、出类拔萃。
　　[2]骐骥（qí jì）。意为千里马、人才。

【导读】
　　2014年9月10日，在全国第30个教师节来临之际，作者带队走访慰问厦门市几所中小学校，为"人类灵魂的工程师""辛勤的园丁"的牺牲奉献精神所深深折服与感动，赋下此阕，以兹纪念。此诗刊发于2015年2月22日南京军区政工网《前线文学》栏目。

马航客机失联

马航顿失地天联,举世揪心魄牵。
坚舰雄鹰齐进击,八方万国尽趋先。
风云世界多惊悸,阡陌人生尽折旋。
但愿时空开隧道,中华儿女共团圆。

【导读】
　　2014年3月8日凌晨2点40分,马航MH370客机与管制中心失去联系。失联客机上载有二百二十七名乘客,其中有一百五十四名中国人。作者获悉这一消息后,倍感忧心忡忡,期盼飞机早日返航,同胞回归祖国怀抱。

MH370祭

遁去马航惊杳痕，异邦牵动万军民。
梦魇陡至琴弦乱，噩耗袭来霾[1]气沦。
华夏多灾齐力助，同胞有难一家亲。
请君珍爱身边客，不枉真心渡世尘。

【注释】
〔1〕霾（mái）。霾，霾晦，指大风扬起尘土、天色晦暗。

【导读】
　　2014年3月24日晚10点，马来西亚总理纳吉布宣称失联的马航MH370客机在南印度洋坠毁，无人幸存。作者闻此噩耗，心情格外沉重，感怀人生苦短，命运多舛，凄然命笔。

悼二〇一五年外滩踩踏事件逝者

魂断外滩豆蔻枝,钟声将至足悲迟。
亲朋祭送花含泪,惟愿凄情唤众知。

【导读】
　　2014年12月31日晚23时35分许,上海外滩陈毅广场发生拥挤踩踏事故,致三十六人死亡,四十九人受伤,伤亡者多数是学生。2015年1月6日清晨,大批民众前往事发地哀悼踩踏事件遇难者。作者感同身受,凄然悲怆,赋得此诗。

赠"全国见义勇为英雄"王兵、王越

巍巍泰岱[1]竦云霄，宝剑锋寒慑虎蛟。
铁骨铮铮何所惧，一腔碧血溅狼嚎。

【注释】
〔1〕泰岱。即泰山。泰山又名岱宗，故称。

【导读】
2014年7月28日，作者陪同厦门市公安局、政法委、总工会、妇联等领导在厦门市政府会见厅接见载誉归来的"全国见义勇为英雄"王兵、王越，聆听英雄感人事迹，感怀其铮铮铁骨和高尚情操，即兴赋下此诗。

四季河山

第三部　四季河山篇

四季河山

蝶恋花·春日

幽院花开香满寨，
蝶舞翩跹，婀娜姿百态。
谁抚钿琴[1]门户外？雕梁楼燕飞林埭[2]。
满眼春光青山黛，
叩棂推窗，一任百灵籁。
好梦难醒惺眼霾，牧童扬柳笛音拽。

【注释】
〔1〕钿（diàn）琴。指用金属、宝石等镶嵌的琴。
〔2〕埭（dài）。指土坝。

【导读】
2013年3月3日下午，作者漫步厦门市东坪山一农家小院，看到满园盎然春色、燕飞蝶舞，争奇斗艳，生机勃勃，感受春姑娘姗姗而来的脚步，心旷神怡，欣然命笔。

江城子·惜春

花红柳绿遍平畴,醉仙楼,雀啾啾。
煦暖春风,缱绻^[1]绕指柔。
蜂舞蝶翩花正艳,心意惬,乐悠悠。

鸳鸯戏水画中游,碧波粼,竞舫舟。
怎奈醒来,人去筵席休。
笑面桃花青袖瘦,惜一刹,泪长流。

【注释】
〔1〕缱绻(qiǎn quǎn)。形容情投意合,难舍难分;缠绵。

【导读】
2013年5月18日,作者应邀到厦门市郊一朋友家中作客,中午小酌几杯,午后醒来,看到远方醉人的春色、迷人的精致,感受流年如水、四季交替、时事变化,怅然赋下此诗。

清平调辞·三月

春意犹酣正曙晖,人间三月尽芳菲。
忽闻翠鸟啼清啭^[1],荡去凛寒放暖归。

【注释】

〔1〕清啭(zhuàn)。南朝梁沉约《郊居赋》:"驱四牡之低昂,响繁笳(jiā)之清啭。"指清脆宛转地发声,常形容鸟鸣声。

【导读】

2014年3月9日,作者陪远道而来的同学漫步厦门市万石山植物园,感受园内绿草茵茵、百花盛开,春色旖旎、风光秀丽的一派大好景象,不禁徜徉其间、流连忘返⋯⋯

游厦门白鹭洲公园

薄雾笼石堤,椰林浦淑迷。
洲心波冽滟[1],白鹭近来栖。

【注释】
〔1〕冽滟(liè yàn)。冽,水清;滟,水光貌。指波光粼粼的意思。

【导读】
2015年2月21日,作者携友闲逛厦门市白鹭洲公园。历隔夜淋漓细雨,只见青石堤畔被薄雾笼罩,女神像矗立在波光粼粼的湖中,几只灵巧的白鹭栖息在椰林、绿草之间,一幅初春的旖旎景象跃入眼帘……

秋游武夷山九曲溪之漂流

武夷[1]功盖震天峰[2],碧水丹山云雾封。
九曲[3]悠悠流不尽,棹歌扬处筏飞踪。

【注释】

〔1〕武夷。相传上古尧帝时期,彭祖的两个儿子彭武、彭夷。

〔2〕天峰。特指享有"武夷第一胜地"美誉的天游峰,海拔四百零八米,相对高度二百一十五米。

〔3〕九曲。指武夷山自然保护区的九曲溪,全长62.8公里。

【导读】

2014年9月5—7日,作者带某部十九名优秀基层干部、好军嫂和孩子赴福建省南平市武夷山景区旅游,漂流途经著名的九曲溪,聆听艄公讲解人文故事,穿梭碧溪仞壁之间,如入画中,诗意顿发,有感而赋。

忆诏安梅岭海边

梅岭道幽飞浪花,归来千舸系村洼。
远看天际斜阳尽,不觉滩头水映霞。

【导读】
　　2013年10月5日,作者陪同好友游玩福建省诏安市梅岭镇。此镇三面临海,东与东山县一水之隔。时值夕阳西下,灿烂的晚霞将渔村、沙滩、古迹映照的熠熠生辉,宛如一幅动人的画卷……

游闽南古城泉州

新年伊始鲤都[1]游,海际清源[2]共鹭鸥。
更有高僧来舞剑,佛光塔影普神州。

【注释】
〔1〕鲤都。泉州市又称鲤城。
〔2〕清源。指位于泉州北郊的清源山,高五百七十二米,山脉绵延二十公里,有"闽海蓬莱第一山"之美誉,为泉州四大名山之一。

【导读】
  2015年1月1日,作者携友驱车前往我国著名的侨乡和台胞祖籍地、享有"海滨邹鲁""光明之城"美誉的闽南著名历史文化名城——泉州,登清源山,游开元寺,踏洛阳桥,逛步行街,赏梨园戏,品元宵丸……感受丰富的人文景观、别具一格的民俗风情和秀出东南的自然风光,欣然命笔。

徽州古村落印象四题

鲍家花园

歙西胜处鲍家寨,鬼斧神工风韵存。
仞壁仙根佳景致,眸迷几度断游魂。

呈坎村

乾坤八卦布纤纤,静落凡尘遗忘年。
倘若他时思宿隐,始知此地当为先。

西递村

斜阳西巷影儿深,一意探幽寻画魂。
何必天齐来作伴,呢喃紫燕正啼门。

宏　村

寒霜尽染一村秋,山黛水青绿树稠。
醉看柳荷相对色,神仙恣意画中游。

【导读】

  2014年10月27—29日,作者和同学、好友前往安徽省黄山市徽州区、黟(yī)县、歙(shè)县境内的鲍家花园、呈坎村、西递村和宏村四处著名景点游玩,深深陶醉在徽派文化的传统经典、如诗如画的自然风光、独居魅力的艺术气息之中,遂赋以上四首诗。组诗刊发于2015年2月22日南京军区政工网《前线文学》栏目。

游安徽省寿县记(两首)

淝水之战[1]旧址

刀枪剑戟掠光影,淝水潇潇不尽流。
鹤唳[2]投鞭[3]犹记得,楚庄宝鼎[4]足千秋。

【注释】

〔1〕淝水之战。东晋太元八年(383年),前秦出兵伐晋,于淝水(今安徽省寿县东南方)交战,最终东晋仅以八万军力大胜八十余万前秦军,是一场著名的以少胜多的战役。

〔2〕鹤唳(lì)。唳,鹤鸣声。把风的响声、鹤的叫声,都当作敌人的叫阵声,疑心是追兵来了。形容惊慌失措,或自相惊扰。淝水之战留有"风声鹤唳"的典故。

〔3〕投鞭。《晋书·苻坚载记》:苻坚攻打东晋时骄傲地说,我的士兵把马鞭投到江里,都能把江水截断。比喻人马众多,兵力强大。淝水之战留有"投鞭断流"的典故。

〔4〕宝鼎。指现存于安徽省寿县博物馆的楚大鼎,又名"铸客大鼎",青铜礼器,距今已有二千四百余年历史,是目前东周以来发现的第一大鼎。

定西番·游孔庙

寿县元宫游历，
浮宝刹，朔光凝，马蹄腾。
垣[1]壁弓离曦日，飞檐栩兽冰。
银杏古稀静谧，入云僧。

【注释】

〔1〕垣（yuán）壁。典出《尚书·费誓》："无敢寇攘，踰（yú）垣墙，窃马牛，诱臣妾。"指院墙、围墙。

【导读】

2014年10月30日，作者和同学、好友前往国家历史文化名城安徽省六安市下辖的寿县古城游玩，徜徉于雄伟的宋代古城墙、肃杀的著名古战场、厚重的人文历史氛围之中，不禁神游古今、深受教益，欣然赋得此诗。

海南三亚印象五题

南 海

三鸾五凤驭祥云,帝子[1]风行拜始君。
揽辔[2]乘槎[3]擒巨鳌,琼洲任我醉含欣。

【注释】
〔1〕帝子。《楚辞·九歌·湘夫人》:"帝子降兮北渚,目眇眇(miǎo miǎo)兮愁予。"指帝王之子。
〔2〕揽辔(pèi)。三国魏曹植《赠白马王彪》诗:"欲还绝无蹊,揽辔止踟蹰(chí chú)。"指挽住马缰。
〔3〕乘槎(chá)。乘坐竹、木筏。

亚龙湾

南海牙龙吐宝珠,飞身天际捋髭须。
一朝坠入深潭洞,漫道清兰竟色殊。

三亚湾

海阔天高似玉玺,鲸鲨掀浪蚌潜泥。
凤凰振翅凌空舞,万里鸿洲望碧霓。

天涯海角

天涯咫尺已云深，海角琼池荡世尘。
流烁古今岂无苦，劝君惜恋眼前人。

《非诚勿扰2》拍摄地

天若有情天易老，人间仙境栖巢鸟。
神龙点化尊玄穹，莫到情深兹勿扰。

【导读】

  2015年2月12—16日，作者携友前往享有"国际旅游岛"美誉、全国唯一的热带海滨城市三亚游玩，徜徉于明媚的阳光、迷人的海浪、柔软的沙滩、和煦的椰风之间，心旷神怡，诗意顿生，欣然命笔赋下组诗。

初冬登厦门狐尾山

胧月[1]申时天尚早，邀朋聚友喜登高。
烹茶煮酒谈风雅，闲看骁霞款款[2]酶[3]。

【注释】
  〔1〕胧月。古代对十二月份的别称。
  〔2〕款款。慢慢地。
  〔3〕酶（táo）。醉貌。

【导读】
  2014年12月7日下午，作者与好友相约攀登位于厦门市岛内西南的狐尾山。时值大雪节气，天气晴好，风和日丽，景区内绿树成荫，风景秀丽，人织如流，难得感受赋闲、惬意、诗意、恬静的田园生活，欣然赋下此诗。

登 高

五老峰传古刹^[1]音,苍生礼佛竞躬临。
一朝拾级凌峰顶,逐却浮云见旭心。

【注释】
〔1〕古刹。指位于福建厦门的南普陀寺。始建于唐末五代,初称泗洲院。清康熙二十三年(1684),靖海候施琅收复台湾后驻镇厦门,捐资修复寺院旧观。寺依山面海、坐北朝南,有天王殿、大雄宝殿、大悲殿、藏经阁等主体建筑。

【导读】
2015年2月22日,作者携友登临厦门市思明区五老峰山顶,只见远方海天一色,空远辽阔;山脚下著名景区南普陀寺香火袅绕,游人如织,不禁感怀人生、跌宕心扉,赋得此诗寄怀。

游莆田湄洲岛印象

蓬莱仙岛泛清澜，妈祖雍容慈目宽。
石洞静幽藏古迹，匾牌林立绣奇观。
顶礼膜拜千夫始，沐手拈香万众姗。
今日画舟沧海渡，赫濯[1]万国佑平安。

【注释】

〔1〕赫濯（zhuó）。明沈德符《野获编·禁卫·世锦衣掌卫印》："江陵败，刘复与政府及厂珰张鲸交结用事，赫濯者几二十年。"指威严显赫貌。

【导读】

2015年4月22日，作者携友前往国家旅游度假区福建莆田湄洲岛游玩，被素有"南国蓬莱"美称的风景深深吸引，徜徉于蓝天、碧海、阳光、沙滩之下，感受妈祖文化的神奇魅力，欣然赋得此诗。

第四部　漱玉雅韵篇

漱玉雅韵

咏 桂

秋高清气爽，霜降百花馨。
凤雀鸣云岫[1]，黄鹂啭驿亭。
翠枝齐簇秀，黄蕊并臻泠。
举盏邀明月，婵娟舞玉庭。

【注释】

〔1〕云岫（xiù）。晋陶潜《归去来辞》："云无心以出岫。"指云雾缭绕的峰峦。

【导读】

2013年12月7日下午，作者漫步厦门市环岛路，途经一片树林，忽然嗅得一缕奇异的花香，寻着花香探去，只见不远处的一株桂花树映入眼帘，傲然盛放的黄色花蕾，吐芳流香，俏丽华贵，分外妖娆……不知不觉醉入其间，欣然命笔。此诗刊发于2015年2月22日南京军区政工网《前线文学》栏目。

咏 梅

虬树[1]枯枝历劫身,故园犹自腊梅新。
冰肌铁骨凌霜雪,琼萼[2]娇芽绽媚嗔。
翠竹偕栖同诉愿,丁兰相伴共迎春。
秀姿妙质谁清赏?淡到无痕亦率真。

【注释】

〔1〕虬(qiú)树。盘绕弯曲的树。

〔2〕琼萼(è)。《晋书·简文三子传论》:"瑶枝琼萼,随锋镝(dí)而消亡;朱芾(fú)绿车,与波尘而殄瘁(tiǎncuì)。"犹言金枝玉叶。

【导读】

  2015年1月27日,作者观福建省著名画家许元英老师的《腊梅图》,只见一枝红梅跃然纸上,铮铮铁骨、不畏风雪、流红欲滴、羡煞群芳、优雅隽永、娇媚秀丽……驻足流连片刻,遂赋此诗。

清平调辞·红梅

红梅傲雪艳春光,含蕾吐芳曼舞[1]张。
历劫凌寒侵铁骨,管它俗世笑咱狂。

【注释】
　〔1〕曼舞。曼,美、柔美之意。指舞姿优美。

【导读】
　　2014年3月16日,中国名家书画院海西分院安徽籍画家敬献高老师赠《红梅图》一幅,作者甚喜红梅之傲雪风骨、坦荡胸襟、率真品格,捧画在手,细细品味,爱不释手,心情愉悦,欣然赋得此诗。

咏 荷（两阕）

阮郎归·雨荷

雕梁青雀[1]梦广寒[2]，
清泉水细涓。
绿罗玉脂赛天仙，
香风人不眠。

细雨缀，鹤翩跹，
萧琴渐入弦。
莫愁清露浸裘浅，
醉看皓月圆。

【注释】
〔1〕青雀。指船首画有青雀之舟为"青雀舫"，泛指华贵游船。
〔2〕广寒。指广寒宫，也称蟾宫。它是汉族神话传说中位于月球的宫殿。

卜算子·月荷

风是昨日清,月是今宵颖。
莫道池塘无仙子,
风月摇姿影。
始将绿罗裙,又采红莲芯。
但醉此间不思归,
且沐雌莺韵。

【导读】
　　2013年9月20日,作者携家人前往福建省南靖县土楼景区游玩,不觉夜色已晚,华月初上。徜徉于一片池塘时,被水面上葱绿欲滴的荷叶、亭亭玉立的荷花、沁人心脾的清香所深深吸引和陶醉,仿佛置身瑶池之畔、梦幻天堂,让人流连忘返……

残 荷

秋催日更曛,叶落裸心身。
此绪何堪遣?唯期又一春。

【导读】
　　2014年10月27日,作者和好友在著名景点安徽省黄山市呈坎村游玩,时值深秋,秋风肃杀,霜气浸染,只见一偌大池塘,满目残荷,格外凄凉,不禁触景生情,遂赋此诗。

咏 菊(两首)

残 菊

圃露润秋池，容凋下绿篱。
寒香为谁艳？瓣落泪离离。

采桑子·秋菊

秋风瑟瑟冷烟雨，鸿雁北徐。
花海如墟，仙鹤彳亍[1]步款疏。
吐芳玉蕊含霖露[2]，香沁丝裾。
竹简琴书，血色残阳悲子胥[3]。

【注释】
〔1〕彳亍（chì chù）。慢步行走，形容小步慢走或时走时停。
〔2〕霖露。《归秀·仕女卷》："倚之琳宇者，唯霖露润之。此可谓柔情似水，媚态百生。"指甘霖、玉露之意。
〔3〕子胥。指春秋末期吴国大夫、谋略家、军事家伍子胥（公元前559年—公元前484年），名员，字子胥，本楚国椒邑人。

【导读】

  2014年12月2日,作者与朋傍晚漫步厦门市万石山植物园,此时寒风萧瑟、暖阳不在,只见菊花在寒风在微微颤动,满目落英,不觉想起"桃李不言、下自成蹊""满地黄花堆积"的典故,哀怜子胥故事,赋得此两阙。

咏 竹

幽篁[1]畷[2]绿标,眸眸色轻摇。

潜涧伸虬卷,舒云探曲梢。

风吹纤细叶,雨打小蛮腰。

陡见鹪鹩[3]纵,曦光撩万娇。

【注释】

〔1〕幽篁(huáng)。屈原《九歌·山鬼》:"余处幽篁兮终不见天,路险难兮独后来。"指幽深的竹林。

〔2〕畷(zhuì)。古通"缀",连结之意。

〔3〕鹪鹩(jiāo liáo)。鹪鹩是一类小型、短胖、十分活跃的鸟。

【导读】

　　2013年2月19日,作者携友登位于福建省福清市西郊石竹山,观山中大片竹林,犹如一块无暇的翡翠,不觉清雅幽静、高洁脱俗,潇洒俊逸、心旷神怡,如入仙境……

蝉

晨啖芳玉露，晌午柳烟扶。

黑锦金盔蟀，银翎玉面狐。

随莺融美色，共蝶汇佳图。

一意榛林王，知知不住呼。

【导读】

　　2013年10月23日下午，作者如常来到办公室，忽见一只秋蝉闯进室内，停留在办公桌前。因自幼甚喜此物，常冒酷暑烈日捕捉，今日逢不期造访，犹如仙客光临，不觉受宠若惊，诗性发作，欣然命笔。

秋 蝉

秋意渐深鸣颤微，寒风瑟瑟遁纷飞。
金翎褪去随黄叶，化作尘埃不再归。

【导读】
　　2014年11月15日，作者从办公室返回宿舍途中，路过一簇杂树林，只见不远枝桠处栖息着一只秋蝉，秋风拂过，树叶零落，蝉鸣声颤，其效也微，感怀万物生灵，终有一劫，不免唏嘘，凄然赋得此诗。

秋 雁

一季秋思一脉痴，素心雅笔漫裁诗。
只今唯见西天上，朔雁孤鸣魂自知。

【导读】

　　2014年10月18日，作者从厦门市同安区访客归，不经意抬头眺望蓝天，陡然看见一鸿大雁掠过天空，不时听到悲戚的孤雁啼鸣之声，不禁让人驻足观望，滋生思乡之情，遂赋此诗。

晚 鹭

倩影清澜泛,黛矶映晦晚。

斜阳渐醉曛,振翊[1]遁山远。

【注释】

〔1〕翊。通"翼",从"羽"。指飞的样子。

【导读】

  2015年1月19日傍晚,作者独自漫步厦门市万石山植物园,忽见湖边一只孑然形单的白鹭在岩石、在水边徘徊,刚拍摄完美丽倩影,其突兀迎着霞光振翩而飞,勾勒出一幅动人的画卷……

清平乐·厦大湖边

夜色泼黛,灯火阑珊外。
蛐蟀丛中颦眉赛,嗔媚娇羞百态。
风月浸淫无眠,几回梦蝶水边。
一笑芙蓉出水,鸳鸯痴醉缠绵。

【导读】
　　2013年9月23日晚,作者独自漫步在享有"中国最美大学校园"美誉的厦门大学,徜徉在芙蓉湖畔,只见山水一体、夜色斑斓,暗香浮动、一派生机,不禁被夏日的自然风光和独特的校园文化所吸引,欣然赋得此诗。

第五部　七彩生活篇

中国书画二题

中国书法

翰墨纸笺砚气藏,雅轩飘逸蕙兰香。
闲时拈蘸纤纤笔,光我中华国粹堂。

中国国画

一池清墨静中堂,意舞骚魂素袖长。
蓬藕小虾初试水,沉鱼落雁醉花香。

【导读】
　　2013年10月15日,作者陪同中国爱国拥军促进会、民政部原副部长罗平飞率"书画进军营"活动组一行莅临某部开展文化拥军,感受中华民族传统文化的独特魅力和全国著名书画家们的艺术风采,诗意顿生,欣然命笔。

诗词世界

韬略河山挽玉盘，蘸云作墨上金銮。
养生修性陶雅趣，情纵诗林化锦湍。

【导读】
　　2014年5月23日，作者闲逛厦门市古玩市场旧书摊，偶得《当代中华诗词选》（甘肃人民出版社）、《神州颂--千首七言律诗》（中国华侨出版社）两书，读得字字珠玑、奇葩瑰宝，爱不释手，欣喜不已，遂赋此诗。刊发于2015年2月22日南京军区政工网《前线文学》栏目。

咏 笔

毫颖[1]临池[2]雅意生,纵横天下写秋春。
习来握管[3]摹王米,妙墨[4]典藏精气神。

【注释】

　　[1]毫颖。金周昂《送李天英下第》："试卷波澜入毫颖,莫教欧九识刘几。"指毛笔尖,犹笔端。

　　[2]临池。晋卫恒《四体书势》："弘农张伯英者,因而转精其巧,凡家之衣帛,必先书而后练之。临池学书,池水尽墨。"后人因此称练习书法为临池。

　　[3]握管。南朝宋谢灵运《山居赋》："伊昔龆龀(tiáo chèn),实爱斯文,援纸握管,会性通神。"指执笔、书写或写作的意思。

　　[4]妙墨。宋黄庭坚《跋法帖》："章草法甚妙,不知与王中令书先后,要皆为妙墨。"指佳妙的书法。

【导读】

　　2014年4月12日,作者独处家中书房,执笔临摹王羲之《兰亭序帖》,笔墨走锋之处,快意油然而生,不禁怀古凝思,畅然怡情,品味中国传统笔墨纸砚的精气神之所在,欣然赋得此诗。

满庭芳·咏读书日

春色满园,蝶飞花圃,燕儿剪柳风中。
凭阑远眺,云颢[1]溢长虹。
但赏粼波如玺,任心海,舟泛西东。
借今日,且来点墨,香袖共书童。

天涯百草味,精神圣殿,辉耀苍穹。
数文史,诗词儒道恢洪。
此却风骚经典,堪穿越,浩瀚时空。
须闲赋,优雅淡韵,一品玉颜红。

【注释】
　〔1〕颢(hào)。《楚辞大招》:"天白颢颢"。洪注:颢,白貌。

【导读】
　2014年4月23日,作者参加厦门市图书馆世界读书日"地球与我"主题活动,感悟阅读日渐成为社会上一种普遍认同的精神追求、价值坐标和生活方式,不禁对浩瀚的人类文学、文化、科学思想殿堂产生敬仰、膜拜之情,欣然赋得此诗。

欣悉吾儿榜中厦门音乐学校

吾家帅帅小男生,不眷丹青恋玉笙。
丝竹[1]幽幽呈古韵,键鞘得得奏新声。
喜看鹭岛阳春艳,爱听黉门雏凤鸣。
更愿潜研修正果,他时乐苑纵横行。

【注释】

〔1〕丝竹。《礼记·乐记》:"德者,性之端也,乐者,德之华也,金石丝竹,乐之器也。"指汉族传统民族弦乐器和竹制管乐器的统称。

【导读】

2014年6月6日,作者收到儿子赵一鸣同学榜中厦门音乐学校的录取通知书,感怀儿子对音乐世界的情有独钟、一路付出的艰辛努力和洒脱不羁的性情特质,喜上眉梢、倍感欣慰……此诗刊发于2015年2月22日南京军区政工网《前线文学》栏目。

题厦音二〇一四届学生军训

碧海蓝天下,新生正训时。

潇潇呼号震,唰唰队行驰。

历日习操典[1],迎风练礼仪。

好钢当淬火,飒爽展英姿。

【注释】

〔1〕操典。有关军事操作、演练的要领和原则的典范性规定。这里特指队列动作的要领和规范。

【导读】

2014年8月29日,作者前往厦门音乐学校看望儿子,时值盛夏酷暑,观儿在学校操场上一丝不苟地进行队列训练,不禁忆起自己年轻时的那段时光,期盼儿子经受磨砺、克服困难、茁壮成长,欣然命笔。

观鼓浪屿民乐音乐会

星夜鹭鸶舞海滨,簧门荡漾好声音。
笛箫琴瑟齐欢奏,天上人间鼓浪吟。

【导读】

  2014年9月26日,作者陪儿在厦门市鼓浪屿音乐厅观看由厦门市音乐学校、厦门大学附属音乐学校师生联袂演出的青少年民族乐团音乐会,被古典传统、精彩纷呈的中国民乐所深深陶醉……

观"冬之恋"鼓浪屿新年音乐会

今宵辞岁月朦胧,交响管弦奏璧雍[1]。
好曲岂应天上有?人间何处不承宗[2]!

【注释】
　〔1〕璧雍。璧,美玉的通称;雍,和谐之意。亦称辟雍,古代天子所设立的太学。代指高雅的音乐。
　〔2〕承宗。指中国著名音乐家、钢琴演奏家、作曲家殷承宗。

【导读】
　　2014年12月26日晚,作者陪儿在厦门市鼓浪屿音乐厅观看由厦门市音乐学校师生演出的"冬之恋"鼓浪屿新年音乐会,陶醉在悠扬的笙箫琴笛和西洋乐器声中,不禁憧憬新年的美好生活,欣然命笔。

观中央音乐学院鼓浪屿钢琴学校音乐会

嘉禾鼓浪漾清波,袅娜琴音四海歌。
今夜隼鹰[1]来献艺,星星熠熠耀山河。

【注释】
〔1〕隼(sǔn)鹰。隼和鹰都属于猛禽。这里特指技艺高超的音乐人,又隐喻为军营。

【导读】
　　2015年1月10日,中央音乐学院鼓浪屿钢琴学校在某部礼堂向官兵献演了一场精彩的音乐会。作者观师生们表演的经典钢琴曲、现代电子音乐和高亢激扬的演唱,深深陶醉其中、不能自拔……

打高尔夫球应制

高登望海楼，威武近银球。
曲棍凌风闪，鹞鹰[1]霄汉游。
长空飚箭影，九畹[2]坠雹流。
更幸得心力，枚枚气势遒。

【注释】

〔1〕鹞（yào）鹰。一种凶猛的鸟，样子像鹰，比鹰小，捕食小鸟，亦称鹞子。

〔2〕九畹（wǎn）。《楚辞·离骚》："余既滋兰之九畹兮，又树蕙之百亩。"古称三十亩地为畹。形容地域广阔。

【导读】

2014年11月9日下午，作者在周末假期应邀到厦门市海沧区高登威高尔夫球馆练习场参与挥杆技法训练，感受高尔夫球运动高雅典范、动静结合、凝神聚力、强身健体的独特魅力，欣然赋得此诗。

咏 鸥

海上鸱鸢[1]数此飚,但凭风起竦云霄。
管它鲸掠千层浪,任我翱翔万丈趬[2]。

【注释】

〔1〕鸱鸢(chī yuān)。亦作"鸱鸢"。也就是鸱鸟,指鸱鹰。

〔2〕趬(qiáo)。矫捷驰骤貌。指行动轻捷、善于奔跑。

【导读】

2014年7月29日,作者陪客漫步厦门市思明区环岛路,凝眸远眺,只见不远处湛蓝的海面上,几只海鸥迎着海浪,凌空盘旋,展翅翱翔,在夕阳的映照下,显得格外生动、振奋人心,不禁欣然赋得此诗。

戏题蟹

吕宋[1]生刁蜊，横行陆海沙。

龙庭能抢贝，鲸口敢争虾。

与鳄称兄弟，随鲨混爪牙。

此厮岂可放？果断一擒拿。

【注释】

〔1〕吕宋。《明史·外国传四·吕宋》："吕宋居南海中，去漳州甚近。洪武五年正月遣使偕琐里诸国来贡。"吕宋，古国名。在今吕宋岛马尼拉一带。

【导读】

2013年8月16日，作者托人购得一批从菲律宾海域入关的海蟹，观此物瞠目狰狞、张牙舞爪，但终将成为一家人的饕餮大餐，不禁暗自发笑，顿生诗意，欣然命笔。

感于集美大学访客归时

晤友浔江[1]畔,归时已暮临。
远山披锦缎,近海泛瑶簪[2]。
笑语犹盈耳,清茶更沁心。
夕阳无限暖,满眼是流金。

【注释】

〔1〕浔江。指位于福建省厦门市集美区的浔江。

〔2〕瑶簪(yáo zān)。唐杜牧《黄州准赦祭百神文》:"瑶簪绣裾,千万侍女。酬以觥斝(gōng zǐ),助之歌舞。"指玉簪。

【导读】

2015年1月6日,作者前往厦门市集美大学拜访几位老朋友,因久未谋面,相见恨晚,以茶代酒,相谈甚欢,不知不觉归途已临黄昏,望着车窗外夕阳如洗、海天一色,倍感温暖,即兴赋得此诗。

眼儿媚·凌波仙子

清丽娇娥[1]卷珠帘。

羞涩小花仙。

一袭镂缕,

两行簪珥[2],

皓齿冰颜。

凌波轻曼荷花旋。

凤鸾[3]舞翩跹。

柔荑[4]出岫,

妖摇纨素[5],

醉意阑珊。

【注释】

〔1〕娇娥。《敦煌曲子词·凤归云》:"幸因今日,得睹(dǔ)娇娥。眉如初月,目引横波。"指很美、美貌的少女。

〔2〕簪珥(zān ěr)。《管子·轻重甲》:"簪珥而辟千金者,璆琳(qiú lín)琅玕(gān)也。"指发簪和耳饰,古代多为高贵妇女的首饰。

〔3〕凤鸾(fèng luán)。唐令狐楚《游义兴寺上李逢吉相公》:"凤鸾飞去仙巢在,龙象潜来讲席空。"泛指凤凰

之类的神鸟。

〔4〕柔荑（róu tí）。《诗•卫风•硕人》："手如柔荑，肤如凝脂。"指柔软而白的茅草嫩芽。比喻女子柔嫩洁白的手。

〔5〕纨素（wán sù）。《玉台新咏•古诗为焦仲卿妻作》："腰若流纨素。"指洁白的绸子。

【导读】

2015年1月12日，作者在厦门市艺术中心"闽南神韵"剧场观一青年舞蹈老师表演的现代舞《凌波仙子》，被舞者清纯姣好的面容、美轮美奂的服饰、精湛绝佳的演技所深深陶醉，欣然命笔。

祝父亲生日快乐

岁月奔流若逝川,苍松翠柏鹤翩跹。
慈怀善抱教孺子,惟愿林泉福寿年。

【导读】

2015年1月28日,适逢父亲七十三岁寿辰。作者、母亲和儿子第一次在厦门陪伴父亲渡过,燃起生日蜡烛、唱起生日快乐歌、分享生日蛋糕时,即兴赋得此诗。

陪伴父母

青山易老草枯衰,两鬓泛霜迟暮来。
惟喜双亲仍健在,言欢促膝乐楼台。

【导读】

2014年10月18日,作者回乡省亲,夜宿父母老宅。晚餐过后,与姐姐一道陪父母拉家常,谈论家乡变化,忆起儿时往事,一家欢乐融融,即兴赋得此诗。

贺荣嵘小妹千金百日

骊龙[1]孕得一娇姝[2],恬静纯真掌上珠。
他日峥嵘招驸马,玉皇大帝使骅驹[3]。

【注释】
　　[1]骊(lí)龙。古代有"玉渊之中,骊龙蟠焉,领下有珠"之说。指黑色的龙,这里代指皮肤黝黑的边防军人。
　　[2]娇姝。娇,美好、可爱;姝,美丽、美好。指美人。
　　[3]骅(huá)驹。宋梅尧臣《送崔黄臣殿丞之任庐山》:"骅驹西行四千里,直度经桥百寻水。"指骏马。

【导读】
　　2015年1月9日,作者获悉在中央七套《军旅人生》栏目编辑部工作的荣嵘小妹的千金韵嘉百日,为表达欣喜之情,由衷祝愿宝宝健康成长,将来成为女中之"凤",即兴赋下此诗,以兹庆贺。

泉州访客两题

车过泉州

驱车扬驾闯平畴,碧海青山映两眸。
坎坷崎岖浑不怕,淡云疏雨过泉州。

赠巾帼林总

数年磨剑试新车,不到功成誓不休。
何顾万难绊身手,一生拼搏写春秋。

【导读】
　　2015年1月25日,作者前往福建省泉州市鲤城区拜会民营企业家林燕总经理,被其巾帼不让须眉、孜孜以求、潜心创业的执着信念和拼搏精神所深深钦佩与感动,遂赋此诗。

三亚之旅两题

始梦三亚

海角天涯岛,南行千里期。
伊人拾梦佩,路漫始相思。

离别三亚

琼崖伴影随,客旅忍相离?
棠岭温泉暖,清澜媚舞嬉。
浪花多雅韵,椰树尽风姿。
举手依依别,情思一世痴。

【导读】
　　2015年2月12—16日,作者携友前往享有"国际旅游岛"美誉的、全国唯一的热带海滨城市三亚游玩,受到战友、朋友的精心安排和热情款待,感激之情不胜言表,欣然赋得此诗两首。

足 迹

莫管背囊重断魂，一身胆气闯乾坤。

开弓岂有回头箭，步履铿锵踏印痕。

【导读】
　　2014年3月19日，作者在厦门市艺术中心美术馆观摄影作品《足迹》，画面简洁质朴，一个背影、一袭沙滩、一串脚印，给人以极大的视觉冲击和无限遐思的空间，有感而发，遂赋此诗。

品 茗

一盏氤氲绕幔亭[1]，馨香暖融色澄莹。
修身悟道何方去，但看庭前落玉英。

【注释】
〔1〕幔（màn）亭。指用帐幕围成的亭子。

【导读】
2013年12月26日，作者邀朋居于幽室一隅，细品台湾高山红，席间凝神闭目片刻，聆听悠扬琴声，心境怡然自得，不禁沉浸在静谧而空灵的气氛之中，欣然命笔。

第六部　感悟人生篇

满江红·圌山吟怀

揽胜长江,矗宝塔,巍巍圌岳。

极目望,鹤腾龙练,百涛畴昔。

春舞麦棉泥燕喃,秋拂苇莞[1]沙鸥汩[2]。

莫错兮、逝水送韶华,飞梭[3]急。

重游处,前情切。

思绪起,何时歇?

忆少年投笔,壮途如铁。

纵是平沙驰万里,但凭胆气终茹血[4]。

概轻屑、克难志弥坚,男儿烈。

【注释】
〔1〕苇莞。指苇草和蒲草。
〔2〕汩(gǔ)。形容水或其他液体流动的声音,象声词。这里代指沙鸥的啼鸣声。
〔3〕飞梭。飞速运动的梭子。比喻时光、时间飞速流逝。
〔4〕茹血(rú xuè)。《礼记·礼运》:"未有火化,食草木之食,鸟兽之肉,饮其血,茹其毛,未有麻丝,衣其羽皮。"茹:音如,吃。用来描写原始人生吃禽兽的生活。比喻勇于品尝生活艰辛,不畏艰难困苦。

【导读】

2014年10月20日，作者返乡省亲，登临江苏省镇江市东郊圌（chuí）山，极目远眺，山川秀美、江水如蓝，田园美景如数映入眼帘，不禁忆起往昔峥嵘岁月，感慨万千，遂赋得此诗。此诗刊发于2015年1月9日《人民日报》（海外版）、2015年2月《金山》杂志（总第265期）、2014年3月15日《东山诗苑》总第一〇四期（二〇一四年第四期）和2015年2月22日南京军区政工网《前线文学》栏目。

春 雨

窗前碎雨惹人愁,折柳摧花付水流。

曲罢茶凉几时尽?奈何思绪断难休。

【导读】

    2014年2月13日,作者在厦门市湖里区作客一朋友家中,陡然降起一场大雨,顷刻之间摧枯拉朽、落花流水,将一派大好春色摧残蹂躏、肆意破坏,不禁滋生怜惜之情,遂赋此诗。

踏莎行·清明

细雨纷纷,燕归迟暮。
人间又数消魂处。
清明寒食[1]冽风嘶,
杜鹃啼血悲凄路。

陌野山岭,笙箫哀古。
阴阳世界难相顾。
垂杨飘摇碎绒花,
一抔黄土香三炷。

【注释】

〔1〕寒食:指寒食节。寒食节与清明节是两个不同的节日,到了唐朝,将祭拜扫墓的日子定为寒食节。寒食节的正确日子是在冬至后一百零五天,约在清明前后,因两者日子相近,所以便将清明与寒食合并为一日。

【导读】

2013年4月5日,是中国传统的清明节。作者陪家人回江苏镇江东郊祭扫爷爷和奶奶的坟墓,聊以寄托对先祖的哀思之情,希冀家族、亲人得到先祖的庇佑,惟愿向上、平安、健康、快乐,凄然而赋此诗。

夏日情思

暮色似妖姬,流萤舞复息。
波传千里遥,此念几时极?

【导读】

2013年8月15日晚,正值盛夏,酷暑难耐,夜不能寐。作者独自在宿舍阳台上纳凉,通过手机拨打亲人电话未果,发信息也杳无音讯,倍加思念远方的亲人,焦虑不安,莫名烦躁,遂赋此诗。

三字令·仲秋夜思

秋正好,月朗朗,夜未央。

如梦遣,桂馨香。

荡朱舫,邀女伴,笑潇湘。

思蓁首[1],恋蛾眉[2],漾心房。

倾曼舞,倚烛窗。

醉瑶池[3],花旖旎,意悠长。

【注释】

　　[1] 蓁首。《诗经·卫风·硕人》:"蓁首蛾眉,巧笑倩兮,美目盼兮。"蓁,蝉的一种。蓁首,额广而方。指宽宽的额头。

　　[2] 蛾眉。《诗经·卫风·硕人》:"蓁首蛾眉,巧笑倩兮,美目盼兮。"蛾眉,眉细而长。指弯弯的眉毛。

　　[3] 瑶池。传说中西王母居住的地方,位于昆仑山上,为西方仙境。

【导读】

　　2014年9月8日,作者陪家人在家中观"苏州月中华情"中央电视台中秋文艺晚会,被美丽的西湖月色、小桥流水、园林景致、画舫歌艺所深深感染吸引,欣然赋得此诗。

临江仙·中秋夜

千里鹭江清水冽,
无边月色如流。
侧耳短笛荡悠悠。
上天紫锦楼,
地下霜如钩。

一盏银光辉万影,
销魂莫过凝眸。
问君能有几多愁。
人归颢露[1]后,
染鬓少白头。

【注释】

〔1〕颢(hào)露。唐杨巨源《同太常尉迟博士阙下待漏》:"沉沉延阁抱丹墀,松色苔花颢露滋。"指白露。

【导读】

2014年9月8日,作者观"苏州月中华情"中秋文艺晚会过后,独矗阳台,仰望天空那一轮皓月,不禁忆起峥嵘军旅,感怀逝水流年,怅然赋得此诗。

木兰花慢·秋思

暮霞海天染,泛金浪,涤夕山[1]。
任潋滟[2]无垠,一行归雁,了却尘烟。
凄然。
马蹄骤慢,铃声声往事梦中牵。
怎奈红尘缱绻,谁拂云鹤千年?
阑珊。
枫叶调残。安自个,遣悲欢?
望素娥[3]朦胧,繁星恹恹,君侧难眠。
无言。
不如把盏,纵千寻鹭羽舞翩跹。

【注释】
　〔1〕夕山。指傍晚时分的山。
　〔2〕潋滟(liàn yàn)。《文选·木华〈海赋〉》:"浟湙(yóu yì)潋滟,浮天无岸。"形容水波荡漾。
　〔3〕素娥。中国古代对月亮的别称。在传说中亦是月中女神,即嫦娥。

【导读】
　　2015年10月27日晚,作者在厦门大学艺术学院观油画作品《深秋》,被画中海霞夕阳、竞飞大雁、满地落英、栖息骏马所构成的绝美气息和唯美意境所深深感染,油然而生诗意,遂赋得此诗。

知音难觅

一茶一盏寄幽思,点水捻香何是时?
箫管轻吹徒旧事,键盘校阅也迟曦。
欲寻诗阙圣仙去,难觅知音泰斗移。
始拾渊明[1]栽菊意,隐山居舍好修篱。

【注释】

〔1〕渊明。陶渊明(约365年—427年),字元亮,号五柳先生,谥号靖节先生,入刘宋后改名潜。东晋末期南朝宋初期诗人、文学家、辞赋家、散文家。东晋浔阳柴桑(今江西省九江市)人。

【导读】

2014年11月18日,日本著名演员高仓健因病去世,终年八十三岁。作者不禁忆起高仓健与前妻江利智惠美凄美的爱情故事,以及高仓健与中国著名导演张艺谋之间留下的知遇之情,感叹人间知音难求,惟愿有缘人情投意合、心心相印、共修藩篱……

落 花

素华[1]零落解葱茏[2]，枫桦轻摇寒瑟风。谁不欢欣争媚日，奈何满眼落花红。

【注释】

〔1〕素华。《楚辞·九歌·少司命》："绿叶兮素华，芳菲菲兮袭予。"亦作"素花"。白色的花。

〔2〕葱茏。晋郭璞《江赋》："涯灌芊(qiān)薕(liàn)，潜荟葱茏。"亦称为茏葱、茏苁。指丛聚的样子，引申为繁密茂盛。

【导读】

2013年11月22日，作者到江苏南京出差，看到瑟瑟秋风下，街道两边满地的梧桐和枫叶，不禁忆起曾在宁就学时的三年难忘时光，感叹时空变幻、四季交替、物是人非，不禁黯然，油然赋得此诗。

惜 红

又是华灯初上时,凤凰树下行人稀。

倘真铁轨存情意,勿忘残红几度欷[1]。

【注释】

〔1〕欷(xī)。抽泣的意思。

【导读】

2015年1月8日傍晚,作者独自漫步厦门市铁道公园,夜色渐深,华灯初上,路上行人稀少,陡然看见铁轨两侧满地落花、残红一片,不禁触景生情,随手拍摄影像,即兴赋得此诗。

雪狮儿·重九感怀

金风菊蕊,玉露萸枝[1],日已晚秋。

荃縻[2]迢递,心有余力不犹。

纵饮好酒,也不及江水钓舟。

栖亭处,满是阶黄,肯登高楼?

灯火霓裳摇曳,

问鸿蒙[3]何事,心思瓜洲。

桐叶凋零,怎堪别时离愁?

怀橘遗亲[4],唯温衾凉枕怨尤。

绛衣寒,今宵碎雨独幽!

【注释】

〔1〕萸(yú)枝。农历九月九日重阳节时,秋高气爽,正是茱萸成熟之时,茱萸被认为能祛病驱邪,所以古人或头插茱萸枝,或臂佩茱萸囊,登高游兴,并把重阳节称为登高节、茱萸节。

〔2〕荃(quán)縻。荃,通筌、拴,指一种被称为鱼笱的捕鱼器和细布;縻,属鹿科,是我国一种珍贵的稀有兽类。比喻捕获猎物。

〔3〕鸿蒙。《庄子·在宥》:"云将东游,过扶摇之枝,而适遭鸿蒙。"古人认为天地开辟前是一团混沌的元气,此元气谓鸿蒙。泛指远古。

〔4〕怀橘遗亲。《怀桔遗亲》是二十四孝之一,写的是后汉六岁的陆绩的孝顺故事。

【导读】

　　2014年10月2日,时值中国传统的重阳节。傍晚时分,作者登临厦门市思明区虎溪岩山顶晚风亭,极目远眺,不禁想起已故的爷爷、奶奶、外婆,想起在江南水乡操劳一生的父母双亲,惟愿天堂有灵、人间有爱,凄然而赋得此阕。

相思引·悼姚贝娜

肃杀霜天罩雾霾，鹭鸶呜咽百花哀。
荼蘼[1]疏雨，遍地溉青苔。
贝镌长空裹娜去，云门[2]魂渡不归来。
惊鸿[3]一瞥，寥梦泪沾腮。

【注释】

〔1〕荼蘼（tú mí）。一种蔷薇科的草本植物。荼蘼花在春季末夏季初开花，凋谢后即表示花季结束，所以有完结的意思。指不能继续美丽的绝望之情。

〔2〕云门。中国古代宫廷音乐的别称。代指音乐殿堂。

〔3〕惊鸿。轻捷飞起的鸿雁，形容女性轻盈之身姿。这里比喻匆匆一瞬，却给人留下强烈、深刻的印象。

【导读】

2015年1月16日下午，著名青年歌手姚贝娜因乳腺癌复发，病逝于北京大学深圳医院。遵照她的遗愿，当晚姚父母将其眼角膜无偿捐献给社会。作者感怀其留给人间的绝唱回响、乐观的生活态度，以及质朴的大义情怀，特赋此阕，以表悼念之情。

附：现代诗八首

一江春水向东流

白雪消融殆尽，春风尚未飘熟。
茵茵芳草地，我看见，
瀑布如流水，飞絮似花落，
你像天使在云端降临。

登临群山之巅，看红日露出光晕。
低处有平湖，高处有峰峦。
传说中谁的脚步，惊醒搁浅的欢乐。
任由我心飞翔，抵达你的粉装素裹。

眷恋蓝天的小燕子，一直徘徊于鸠巢。
雅致纯洁，拒绝凌乱，看来你非唯一。
如果清泪无声，朱颜未改。
你需要浪漫至老，不可再次骑乘东去。

【导读】
　　2014年3月24日，作者观当代著名画家吴冠中（1919—2010）的作品《忆江南》，不禁回忆起家乡的圌山田园、小桥流水、呢喃飞燕、桃红柳绿、麦浪稻香，陶醉在旖旎璀璨的大好春光之中……欣然赋得此诗。

精　灵

绘一副画的光阴，
一袭黑瀑布和一双红舞鞋，
带着迷人的气息，弥漫，
精灵从云间降落。

黄昏八点的剧场，
收下了富商巨贾送来的请柬，
我的眼神，
满怀一个百姓的幸福。

灯火斑斓，
红绿交错，
爱在起舞中纠缠，
远方在静寂中唱歌。

【导读】
　　2013年12月26日，受邀在厦门市小白鹭艺术中心观看演出，一青年舞者表演的芭蕾舞《天鹅湖》如梦如幻、惟妙惟肖，精美的舞台、流动的光影、艺术的气息征服了在场的每一个观众。作者徜徉在梦幻与现实之间，诗意顿生，欣然命笔。

钓　趣

穿针引线，放竿下钩。
两眼紧盯浮漂，
思绪咬鱼嚼饵。

目不转睛，洞察毫厘。
观望沉浮之间，
判断起落之时。

牵引之刹那，鱼出水面。
游离之争，
欣喜跃眼眉间。

【导读】
　　2013年10月3日，作者约几位钓友在厦门市海沧区天竺山水库垂钓，斩获大物，收获颇丰，激动不已。感怀垂钓之乐趣、休闲之意境、生活之美好，遂赋得此诗。

声 音

今夜，我穿越春华秋实，
仿佛又回到奈何桥前。
岁月的沙漏，流年的素颜，
静静流淌在青色水边，
似要重拾一曲卷珠帘的缱绻。

是谁独立高台，凭栏弄弦？
抚一把千年琵琶，
掬一束如练月光，
于夜色之下氤氲，
在花丛之中馥郁，
牵引我的神经在你的音域流连。

也许，是那一场不经意的相遇，
放纵了岿然的执念。
任雨雪风霜、岁月翩跹，
翰墨沉香，绘不出远眺的黛眉，

红颜妆雪，释不完蚀骨的眷恋，
何须复问缘分的深浅。

清风，晨曦，雨露，花瓣，
洒满了青石板铺砌的小巷。
品一味清浅低婉的涟漪荡漾，
听一卷梨花带雨的温柔缠绵。
哦，这每一个颤动的音符
和温婉流畅的节律，
都像一首首美妙的诗篇，
滋润了我干涸已久的心田。

【导读】
　　2015年2月3日晚，作者静卧在床收听"为你读诗"栏目，由凤凰卫视主持人许戈辉朗读的法语诗人菲利普·雅各泰的作品《声音》，来自无欲无求的内心的声音，如一首优美动听的歌曲，在醉人的夜色中缓缓流淌……欣然赋得此诗。刊发于2015年2月22日南京军区政工网《前线文学》栏目。

臆 想

雨住了,窗外一丝薄雾,
浸淫着似开未开的日光。
我站在三尺见方的阳台,
看着对面礼堂的屋棱上
一只孤寂的黄莺栖息,
无声地凝视着远方。

也许,这雨儿意犹未酣,
昨日之雷霆还回荡耳畔。
但任何与宁静背离的声响
或是凛然肆意的嚣张,
都与我现在的世界毫无相关。

浩浩乾坤、天宇万象,
飘渺浮尘、起舞飞扬,
带给我们的都是神的天将,
喜乐,悲欢,

终归自然，
都隐融于能量黑洞开关上演。

我悠悠推开一扇窗，
穿越初绽的红豆杉嫩牙，
嗅一缕奇异的芳香，
我看见了蔚蓝的大海，
美丽的沙滩和新娘的盛装。

【导读】
　　2013年10月19日，适逢周末，作者赋闲在家，独自矗立宿舍阳台，观眼前熟悉不过的自然景象，沉思良久，融入其中，浮想联翩，遂赋此诗。

对不起，儿子

似乎饱经风雨，明白些许道理，
在你为吾儿之时，
就希望在前方和后方挥舞大旗，
在慈父和严父之间
转换频率、游刃有余。

十月怀胎，你从娘胎呱呱坠地，
浑身血污、喉咙积液。
我急得像热锅上的蚂蚁，
"英雄"徒有其表，
却毫无用武之力。

呀呀学语，你总习惯咬小手指，
喜欢摸着我的眼睛憩息，
每当我夜班归来
深情凝视你的指隙，
无人知道我心底愧疚的秘密。

初及垂髫,你背着书包上学堂,
兴高采烈、满心欢喜,
老师们都夸你聪明帅气、文明有礼。
可我眼里整天盯着成绩、想着名次,
甚至剥夺你的娱乐休息。

为迎合社会竞争,与他人比试高低,
曾逼你去学小提琴,写大字,
一厢情愿抬高你的艺术气息。
却淡化了周围对你品行的赞许,
迟悟这才是你快乐成长的真谛。

与你相处的时光可谓只争朝夕,
可我却一味压抑你的顽皮淘气,
限制你看电视、玩游戏,
对你的管教倍加严厉。
甚至主管臆断你的叛逆,
直至窥见你在我背后淌下的泪滴。

爸对你虽有太多希冀,

感悟人生

盼你早日丰盈羽翼、鲲鹏展翅，
却肆意冒犯了你的领地，
滋扰了你的昂然生机和蓬勃朝气。
这实在有点愚钝至极、误人子弟，
现内省反思，滋生无限悔意。

今天，时间已翻开新的一页，
爸以一名战士的名义
向全世界庄严宣誓：
对你的一生守护矢志不移，
不抛弃、不放弃、坚持到底，
哪怕有一天倒下，
也要保持冲锋和托举的姿势！

时光飞逝，白驹过隙，
你已然站立、爸终将老去，
惟愿从此以往，父子相惜。
在你凝眸回送我佝偻的背影里，
能忆起我们共同走过的点滴、往昔……

【导读】

2013年5月23日,作者因儿子贪玩与懈怠,数学单元测试成绩不理想,一时怒火中烧,对其严厉呵斥、施以惩罚……当晚夜深人静之时,反思自己作为父亲的失职,不免滋生愧疚亏欠之情,夜不能寐,遂赋此诗。

鬼魅之夜

我被缚上绳索,去往冥国的途中,
普路托[1]和普罗塞披娜[2]
面色阴沉地端坐在金椅之上。
各色猥琐小妖佝偻着腰身
踯躅于光怪陆离的阴森世界。
采伯鲁斯[3]的吠声让人毛骨悚然。

穿过一片荆棘丛生的树林,
我的双脚被划得鲜血淋漓。
夜叉和幽灵撞响了丧钟,
鬼气在栗树的树荫下游荡,
让人浑身发抖、寒蝉若噤。
判官们脸色铁青、目光狰狞,
这些可恶的家伙们真让人悲戚!

此刻,我不能再有任何表情,
被野蜂蛰过的眼开始肿烫,
像被凛凛凶狠的寒风鞭打过。

伤口也渐渐开裂,渗出血来,
我静静舔舐已经干枯的污渍,
即使遍体痛到撕心裂肺,
嘴也要痉挛般地闭合咬紧。

突然,我听到了美妙的歌声。
赛基[4]淌过了斯提克斯河[5],
她要请我喝上一杯莱台[6]潘趣[7],
我不禁为她的美貌着迷。
甜甜的笑容、圆润的乳房、酥软的手臂,
这母狮般的异域风情,
让我仿佛回到了温柔之乡。

有没有一条路能回转阳间,
橄榄山草木葳蕤、鲜花绚烂。
花青、朱砂,幽兰、野菊,
小鹿、松鼠,野鸡、羚羊……
万能的救世主呀,
请劈开云际间的黑洞吧!
我自估几何,开始心神不宁。

【注释】

〔1〕普路托。希腊神话中的阎罗王。和宙斯、波赛东为三兄弟。统治阴间。

〔2〕普罗塞披娜。代美台耳之女。被普路托拐至阴间为妻。每年回到阳间居住半年。

〔3〕采伯鲁斯。三头、蛇尾的地域警犬。

〔4〕赛基。希腊神话中一个国王的第三个女儿。典出古代罗马作家阿普莱伊乌斯的《金驴记》。

〔5〕斯提克斯河。冥河。

〔6〕莱台。希腊神话中冥府的河名,意为忘川。引伸为"迷魂汤"、"蒙魂药"之意。

〔7〕潘趣。糖、酒、柠檬、茶、水五种混合而成的饮料。

【导读】

2014年10月31日,适逢西方传统的万圣节,作者陪儿观影《移动迷宫》,联想起白天阅读德国诗人海涅的作品《新诗集》中的场景,图文链接、情境交融,不觉入梦,感怀困顿人生,唯有愈挫愈奋、拼搏进取,方达通途……

夕 颜

思念孱弱无力，世事变幻无常。
离别注定惹人感伤。
我们，恰似天空的云朵，
迟早要被风儿吹散。
又或沙漠中一粒黄沙，
在浩瀚金黄之中涅槃[1]流浪；
又或森林里一株青松，
在莽莽绿林之间孑然成长；
又或草原上一颗蒿草，
在风吹雨淋之下沐浴日光；
又或大海中一个水滴，
在苍苍碧涛之怀抚慰心房……
我行走在此间红尘，
只为徜徉与追逐心的方向！

感悟人生

【注释】
　　[1]涅槃（niè pán）。梵语的音译。意译为灭、灭度、寂灭、安乐、无为、不生、解脱等，一般指熄灭生死轮回后的

境界。这里借"凤凰涅槃"这一典故寓意不畏痛苦、义无返顾、不断追求、提升自我的执着精神。

【导读】

2014年11月6日,作者结束回乡省亲的短暂假期,乘动车从江苏镇江返回福建厦门,望着窗外飘洒的细雨、流动的美景,不禁感怀时光如梭飞逝、人生聚散离别、情缘难舍未了,即兴赋得此诗。

后 记

本书出版过程中，得到中国著名国际政治学者、中国外交与战略问题研究专家俞邃老师，中华诗词学会理事、福建省诗词学会副会长、厦门市诗词学会会长谭南周老师，中华诗词学会理事、《解放军红叶诗社》特邀编委、《边塞社刊》主编、《甘肃诗词》主编胡志毅老师，中华诗词学会会员、南京市江宁区诗词楹联学会会长、《东山诗社》主编孙长继老师，中华诗词学会会员、河南大学教授、《信陵诗刊》主编孙青艾老师等前辈拨冗指点迷津。厦门大学出版社社长蒋东明、中央电视台军事频道《军旅人生》栏目编导荣嵘，厦门警备区诸位同仁和朋友们均给予了大力支持。谭南周、胡志毅老师在百忙之中为本书亲笔作序，孙长继老师发来贺词。在此，一并致以深深的谢忱！

二〇一五年三月记于厦门

图书在版编目(CIP)数据

心海泛舟/赵海荣著.—厦门：厦门大学出版社,2015.6
ISBN 978-7-5615-5496-8

Ⅰ.①心… Ⅱ.①赵… Ⅲ.①诗集-中国-当代 Ⅳ.①I227

中国版本图书馆CIP数据核字(2015)第142449号

官方合作网络销售商：

厦门大学出版社出版发行

(地址:厦门市软件园二期望海路39号　邮编:361008)
总 编 办 电 话:0592-2182177　传真:0592-2181253
营销中心电话:0592-2184458　传真:0592-2181365
网址:http://www.xmupress.com
邮箱:xmup @ xmupress.com

厦门市竞成印刷有限公司印刷

2015年6月第1版　2015年6月第1次印刷
开本:889×1194　1/32　印张:4.625　插页:6
字数:100千字
定价:30.00元

本书如有印装质量问题请直接寄承印厂调换